干校六记

杨绛 著

生活·讀書·新知 三联书店

Copyright © 2015 by SDX Joint Publishing Company.
All Rights Reserved.
本作品版权由生活·读书·新知三联书店所有。
未经许可，不得翻印。

图书在版编目（CIP）数据

干校六记/杨绛著．—北京：生活·读书·
新知三联书店，2015.4 （2024.7重印）
ISBN 978-7-108-05172-1

Ⅰ．①干… Ⅱ．①杨… Ⅲ．①散文集-
中国-当代 Ⅳ．① I267

中国版本图书馆 CIP 数据核字（2014）第 259636 号

责任编辑	冯金红
装帧设计	蔡立国
责任印制	董 欢
出版发行	生活·讀書·新知 三联书店
	（北京市东城区美术馆东街 22 号 100010）
网　　址	www.sdxjpc.com
经　　销	新华书店
印　　刷	河北鹏润印刷有限公司
版　　次	2015 年 4 月北京第 1 版
	2024 年 7 月北京第 25 次印刷
开　　本	787 毫米 × 1092 毫米 1/32 印张 2.125
字　　数	33 千字
印　　数	323,001－333,000 册
定　　价	26.00 元

（印装查询：01064002715；邮购查询：01084010542）

作者一九七八年在北京三里河寓所。

作者一九八一年与钱锺书、钱瑗摄于北京三里河寓所。

《干校六记》书影，三联书店1981年初版（上左）、1986年2版（上右）和2010年新版（下）。

目 录

小引(钱锺书)　1

一　下放记别　1
二　凿井记劳　11
三　学圃记闲　19
四　"小趋"记情　31
五　冒险记幸　42
六　误传记妄　55

小 引

钱锺书

杨绛写完《干校六记》,把稿子给我看了一遍。我觉得她漏写了一篇,篇名不妨暂定为《运动记愧》。

学部在干校的一个重要任务是搞运动,清查"五一六分子"。干校两年多的生活是在这个批判斗争的气氛中度过的;按照农活、造房、搬家等等需要,搞运动的节奏一会子加紧,一会子放松,但仿佛间歇疟,疾病始终缠住身体。"记劳","记闲",记这,记那,都不过是这个大背景的小点缀,大故事的小穿插。

现在事过境迁,也可以说水落石出。在这次运动里,如同在历次运动里,少不了有三类人。假如要写回忆的话,当时在运动里受冤枉、挨批斗的同志们也许会来一篇《记屈》或《记愤》。至于一般群众呢,回忆时大约都得写《记愧》:或者惭愧自己是糊涂虫，没看清"假案"、"错案"，一味随着大伙儿去糟蹋一些好人；或者（就像我本人）惭愧自己是懦怯鬼，觉得这里面有冤屈，却没有胆气出头抗议，至多只敢对运动不很积极参加。也有一种人，他们明知道这是一团乱蓬蓬的葛藤账，但依然充当旗手、鼓手、打手，去大判"葫芦案"。按道理说，这类人最应当"记愧"。不过，他们很可能既不记忆在心，也无愧怍于心。他们的忘记也许正由于他们感到惭愧，也许更由于他们不觉惭愧。惭愧常使人健忘，亏心和丢脸的事总是不愿记起的事，因此也很容易在记忆的筛眼里走漏得一干二净。惭愧也使人畏缩、迟疑，耽误了急剧的生存竞争；内疚抱愧的人会一时上退却以至于一辈子落伍。所以，惭愧是该被淘汰而不是该被培养的感情；古来经典上相传的"七情"里就没有列上它。在日益紧张的近代社会生活里，这种心理状态看来不但无用，而且是很不利的，不感觉到它也罢，落得个身心轻松愉快。

《浮生六记》——一部我不很喜欢的书——事实上只存四记，《干校六记》理论上该有七记。在收藏家、古董贩和专家学者通力合作的今天，发现大小作家们并未写过的未刊稿已成为文学研究里发展特快的新行业了。谁知道没有那么一天，这两部书缺掉的篇章会被陆续发现，补足填满，稍微减少了人世间的缺陷。

一九八〇年十二月

一 下放记别

中国社会科学院，以前是中国科学院哲学社会科学部，简称学部。我们夫妇同属学部；默存在文学所，我在外文所。一九六九年，学部的知识分子正在接受"工人、解放军宣传队"的"再教育"。全体人员先是"集中"住在办公室里，六、七人至九、十人一间，每天清晨练操，上下午和晚饭后共三个单元分班学习。过了些时候，年老体弱的可以回家住，学习时间渐渐减为上下午两个单元。我们俩都搬回家去住，不过料想我们住在一起的日子不会长久，不日就该下放干校了。干校的地点在纷纷传说中逐渐明确，下放的日期却只能猜测，只能等待。

我们俩每天各在自己单位的食堂排队买饭吃。排队足足要费半小时；回家自己做饭又太费事，也来不及。工、军宣队后来管束稍懈,我们经常中午约会同上饭店。饭店里并没有好饭吃,也得等待;但两人一起等,可以说说话。那年十一月三日,我先在学部大门口的公共汽车站等待,看见默存杂在人群里出来。他过来站在我旁边,低声说:"待会儿告诉你一件大事。"我看看他的脸色,猜不出什么事。

我们挤上了车,他才告诉我:"这个月十一号,我就要走了。我是先遣队。"

尽管天天在等待行期,听到这个消息,却好像头顶上着了一个焦雷。再过几天是默存虚岁六十生辰,我们商量好:到那天两人要吃一顿寿面庆祝。再等着过七十岁的生日,只怕轮不到我们了。可是只差几天,等不及这个生日,他就得下干校。

"为什么你要先遣呢?"

"因为有你,别人得带着家眷,或者安顿了家再走;我可以把家撂给你。"

干校的地点在河南罗山,他们全所是十一月十七日走。

我们到了预定的小吃店,叫了一个最现成的沙锅鸡块——不过是鸡皮鸡骨。我舀些清汤泡了半碗饭,饭还是咽不下。

只有一个星期置备行装,可是默存要到末了两天才得放假。我倒借此赖了几天学,在家收拾东西。这次下放是所谓

"连锅端"——就是拔宅下放,好像是奉命一去不复返的意思。没用的东西、不穿的衣服、自己宝贵的图书、笔记等等,全得带走,行李一大堆。当时我们的女儿阿圆、女婿得一,各在工厂劳动,不能叫回来帮忙。他们休息日回家,就帮着收拾行李,并且学别人的样,把箱子用粗绳子密密缠捆,防旅途摔破或压塌。可惜能用粗绳子缠捆保护的,只不过是木箱铁箱等粗重行李;这些木箱、铁箱,确也不如血肉之躯经得起折磨。

经受折磨,就叫锻炼;除了准备锻炼,还有什么可准备的呢。准备的衣服如果太旧,怕不经穿;如果太结实,怕洗来费劲。我久不缝纫,胡乱把耐脏的绸子用缝衣机做了个毛毯的套子,准备经年不洗。我补了一条裤子,坐处像个布满经线纬线的地球仪,而且厚如龟壳。默存倒很欣赏,说好极了,穿上好比随身带着个座儿,随处都可以坐下。他说,不用筹备得太周全,只需等我也下去,就可以照看他。至于家人团聚,等几时阿圆和得一乡间落户,待他们迎养吧。

转眼到了十一号先遣队动身的日子。我和阿圆、得一送行。默存随身行李不多,我们找个旮旯儿歇着等待上车。候车室里,闹嚷嚷、乱哄哄人来人往;先遣队的领队人忙乱得只恨分身无术,而随身行李太多的,只恨少生了几双手。得一忙放下自己拿的东西，去帮助随身行李多得无法摆布的人。默存和我看他热心为旁人效力，不禁赞许新社会的好风尚，同时又互相安慰说：得一和善忠厚，阿圆有他在一起，我们可以放心。

得一掮着、拎着别人的行李，我和阿圆帮默存拿着他的几件小包小袋，排队挤进月台，挤上火车，找到个车厢安顿了默存。我们三人就下车，痴痴站着等火车开动。

我记得从前看见坐海船出洋的旅客，登上摆渡的小火轮，送行者就把许多彩色的纸带抛向小轮船；小船慢慢向大船开去，那一条条彩色的纸带先后迸断，岸上就拍手欢呼。也有人在欢呼声中落泪；迸断的彩带好似迸断的离情。这番送人上干校，车上的先遣队和车下送行的亲人，彼此间的离情假如看得见，就决不是彩色的，也不能一迸就断。

默存走到车门口，叫我们回去吧，别等了。彼此遥遥相望，也无话可说。我想，让他看我们回去还有三人，可以放心释念，免得火车驰走时，他看到我们眼里，都在不放心他一人离去。我们遵照他的意思，不等车开，先自走了。几次回头望望，车还不动，车下还是挤满了人。我们默默回家；阿圆和得一接着也各回工厂。他们同在一校而不同系，不在同一工厂劳动。

过了一两天，文学所有人通知我，下干校的可以带自己的床，不过得用绳子缠捆好，立即送到学部去。粗硬的绳子要缠捆得服帖，关键在绳子两头；不能打结子，得把绳头紧紧压在绳下。这至少得两人一齐动手才行。我只有一天的期限，一人请假在家，把自己的小木床拆掉。左放、右放，怎么也无法捆在一起，只好分别捆；而且我至少还欠一只手，只好用牙齿帮忙。我用细绳缚住粗绳头，用牙咬住，然后把一只床分三部分捆好，各件重复写上默存的名字。小小一只床分拆了几部，就好比兵荒马乱中的一家人，只怕一出家门就彼此失散，再聚不到一处去。据默存来信，那三部分重新团聚一处，确也害他好生寻找。

文学所和另一所最先下放。用部队的词儿，不称"所"而称"连"。二连动身的日子，学部敲锣打鼓，我们都放了学去欢送。下放人员整队而出；红旗开处，俞平老和俞师母领队当先。年逾七旬的老人了，还像学龄儿童那样排着队伍，远赴干校上学，我看着心中不忍，抽身先退；一路回去，发现许多人缺乏欢送的热情，也纷纷回去上班。大家脸上都漠无表情。

我们等待着下干校改造，没有心情理会什么离愁别恨，也没有闲暇去品尝那"别是一番"的"滋味"。学部既已有一部分下了干校，没下去的也得加紧干活儿。成天坐着学习，连"再教育"我们的"工人师傅"们也腻味了。有一位二十二三岁的小"师傅"嘀咕说："我天天在炉前炼钢，并不觉得劳累；现在成天坐着，屁股也痛，脑袋也痛，浑身不得劲儿。"显然炼人比炼钢费事；"坐冷板凳"也是一项苦功夫。

炼人靠体力劳动。我们挖完了防空洞——一个四通八达的地下建筑，就把图书搬来搬去。捆，扎，搬运，从这楼搬到那楼，从这处搬往那处；搬完自己单位的图书，又搬别单位的图书。有一次，我们到一个积尘三年的图书馆去搬出书籍、书柜、书架等，要腾出屋子来。有人一进去给尘土呛得连打了二十来个嚏喷。我们尽管戴着口罩，出来都满面尘土，咳吐的尽是黑痰。我记得那时候天气已经由寒转暖而转热。沉重的铁书架、沉重的大书橱、沉重的卡片柜——卡片屉内满满都是卡片，全都由年轻人狠命用肩膀扛，贴身的衣衫磨破，露出肉来。这又使我惊叹，最经磨的还是人的血肉之躯！

弱者总占便宜；我只干些微不足道的细事，得空就打点包裹寄给干校的默存。默存得空就写家信；三言两语，断断续续，白天黑夜都写。这些信如果保留下来，如今重读该多么有趣！但更有价值的书信都毁掉了，又何惜那几封。

他们一下去，先打扫了一个土积尘封的劳改营。当晚睡在草铺上还觉得燠热。忽然一场大雪，满地泥泞，天气骤寒。十七日大队人马到来，八十个单身汉聚居一间屋里，分睡在几个炕上。有个跟着爸爸下放的淘气小男孩儿，临睡常绕炕撒尿一匝，为炕上的人"施肥"。休息日大家到镇上去买吃的：有烧鸡，还有煮熟的乌龟。我问默存味道如何；他却没有尝过，只悄悄做了几首打油诗寄我。

罗山无地可耕，干校无事可干。过了一个多月，干校人员连同家眷又带着大堆箱笼物件，搬到息县东岳。地图上能找到息县，却找不到东岳。那儿地僻人穷，冬天没有燃料生火炉子，好多女同志脸上生了冻疮。洗衣服得蹲在水塘边上"投"。默存的新衬衣请当地的大娘代洗，洗完就不见了。我只愁他跌落水塘；能请人代洗，便赔掉几件衣服也值得。

在北京等待上干校的人，当然关心干校生活，常叫我讲些给他们听。大家最爱听的是何其芳同志吃鱼的故事。当地竭泽而渔，食堂改善伙食，有红烧鱼。其芳同志忙拿了自己的大漱口杯去买了一份；可是吃来味道很怪，愈吃愈怪。他捞起最大的一块想尝个究竟，一看原来是还未泡烂的药肥皂，落在漱口杯里没有拿掉。大家听完大笑，带着无限同情。他们也告诉我一个笑话,说钱锺书和丁××两位一级研究员,半天烧不开一锅炉水!我代他们辩护:锅炉设在露天,大风大雪中,烧开一锅炉水不是容易。可是笑话毕竟还是笑话。

他们过年就开始自己造房。女同志也拉大车,脱坯,造砖,盖房,充当壮劳力。默存和俞平伯先生等几位"老弱病残"都在免役之列,只干些打杂的轻活儿。他们下去八个月之后,我们的"连"才下放。那时候,他们已住进自己盖的新屋。

我们"连"是一九七〇年七月十二日动身下干校的。上次送默存走,有我和阿圆还有得一。这次送我走,只剩了阿圆一人;得一已于一月前自杀去世。

得一承认自己总是"偏右"一点,可是他说,实在看不惯那伙"过左派"。他们大学里开始围剿"五一六"的时候,几个有"五一六"之嫌的"过左派"供出得一是他们的"组织者","五一六"的名单就在他手里。那时候得一已回校,阿圆还在工厂劳动;两人不能同日回家。得一末了一次离开我的时候说:"妈妈,我不能对群众态度不好,也不能顶撞宣传队;可是我决不能捏造个名单害人,我也不会撒谎。"他到校就失去自由。阶级斗争如火如荼,阿圆等在厂劳动的都返回学校。工宣队领导全系每天三个单元斗得一,逼他交出名单。得一就自杀了。

阿圆送我上了火车,我也促她先归,别等车开。她不是一个脆弱的女孩子,我该可以放心撇下她。可是我看着她踽踽独归的背影,心上凄楚,忙闭上眼睛;闭上了眼睛,越发能看到她在我们那破残凌乱的家里,独自收拾整理,忙又睁开眼。车窗外已不见了她的背影。我又合上眼,让眼泪流进鼻子,流入肚里。火车慢慢开动,我离开了北京。

干校的默存又黑又瘦,简直换了个样儿,奇怪的是我还一见就认识。

我们干校有一位心直口快的黄大夫。一次默存去看病,她看他在签名簿上写上钱锺书的名字,怒道:"胡说!你什么钱锺书!钱锺书我认识!"默存一口咬定自己是钱锺书。黄大夫说:"我认识钱锺书的爱人。"默存经得起考验,报出了他爱人的名字。黄大夫还待信不信,不过默存是否冒牌也没有关系,就不再争辩。事后我向黄大夫提起这事,她不禁大笑说:"怎么的,全不像了。"

我记不起默存当时的面貌,也记不起他穿的什么衣服,只看见他右下颔一个红包,虽然只有榛子大小,形状却峥嵘险恶:高处是亮红色,低处是暗黄色,显然已经灌脓。我吃惊说:"啊呀,这是个疽吧?得用热敷。"可是谁给他做热敷呢?我后来看见他们的红十字急救药箱,纱布上、药棉上尽是泥手印,默存说他已经生过一个同样的外疹,领导上让他休息几天,并叫他改行不再烧锅炉。他目前白天看管工具,晚上巡夜。他的顶头上司因我去探亲,还特地给了他半天假。可是我的排长却非常严厉,只让我跟着别人去探望一下,吩咐我立即回队。默存送我回队,我们没说得几句话就分手了。得一去世的事,阿圆和我暂时还瞒着他,这时也未及告诉。过了一两天他来信说:那个包儿是疽,穿了五个孔。幸亏打了几针也渐渐痊愈。

我们虽然相去不过一小时的路程,却各有所属,得听指挥、服从纪律,不能随便走动,经常只是书信来往,到休息日才许探亲。休息日不是星期日;十天一次休息,称为大礼拜。如有事,大礼拜可以取消。可是比了独在北京的阿圆,我们就算是同在一处了。

二　凿井记劳

干校的劳动有多种。种豆、种麦是大田劳动。大暑天,清晨三点钟空着肚子就下地。六点送饭到田里,大家吃罢早饭,劳动到午时休息;黄昏再下地干到晚。各连初到,借住老乡家。借住不能久占,得赶紧自己造屋。造屋得用砖;砖不易得,大部分用泥坯代替。脱坯是极重的活儿。此外,养猪是最脏又最烦的活儿。菜园里、厨房里老弱居多,繁重的工作都落在年轻人肩上。

有一次,干校开一个什么庆祝会,演出的节目都不离劳动。有一个话剧,演某连学员不怕砖窑倒塌,冒险加紧烧砖,据说真有其事。有一连表演钻井,演员一大群,没一句台词,惟一的动作是推着钻井机团团打转,一面有节奏地齐声哼"嗯唷!嗯唷!嗯唷!嗯唷!"大伙儿转呀、转呀,转个没停——

钻井机不能停顿，得日以继夜，一口气钻到底。"嗯唷！嗯唷！嗯唷！嗯唷！"那低沉的音调始终不变，使人记起曾流行一时的电影歌曲《伏尔加船夫曲》；同时仿佛能看到拉纤的船夫踏在河岸上的一只只脚，带着全身负荷的重量，疲劳地一步步挣扎着向前迈进。戏虽单调，却好像比那个宣扬"不怕苦、不怕死"的烧窑剧更生动现实。散场后大家纷纷议论，都推许这个节目演得好，而且不必排练，搬上台去现成是戏。

有人忽脱口说："啊呀！这个剧——思想不大对头吧？好像——好像——咱们都那么——那么——"

大家都会意地笑。笑完带来一阵沉默，然后就谈别的事了。

我分在菜园班。我们没用机器，单凭人力也凿了一眼井。

我们干校好运气，在淮河边上连续两年干旱，没遭逢水灾。可是干硬的地上种菜不易。人家说息县的地"天雨一包脓，天晴一片铜"。菜园虽然经拖拉机耕过一遍，只翻起满地大坷垃，比脑袋还大，比骨头还硬。要种菜，得整地；整地得把一块块坷垃砸碎、砸细，不但费力，还得耐心。我们整好了菜畦，挖好了灌水渠，却没有水。邻近也属学部干校的菜园里有一眼机井，据说有十米深呢，我们常去讨水喝。人力挖的井不过三米多，水是浑的。我们喝生水就在吊桶里掺一小瓶痧药水,聊当消毒;水味很怪。十米深的井,水又甜又凉,大太阳下干活儿渴了舀一碗喝,真是如饮甘露。我们不但喝,借便还能洗洗脚手。可是如要用来浇灌我们的菜园却难之又难。不用水泵,井水流不过来。一次好不容易借到水泵,水经过我们挖的渠道流入菜地,一路消耗,没浇灌得几畦,天就黑了,水泵也拉走了。我们撒下了菠菜的种子,过了一个多月,一场大雨之后,地里才露出绿苗来。所以我们决计凿一眼灌园的井。选定了地点,就破土动工。

那块地硬得真像风磨铜。我费尽吃奶气力,一锹下去,只筑出一道白痕,引得小伙子们大笑。他们也挖得吃力,说得用鹤嘴镢来凿。我的"拿手"是脚步快;动不了手,就飞跑回连,领了两把鹤嘴镢,扛在肩头,居然还能飞快跑回菜园。他们没停手,我也没停脚。我们的壮劳力轮流使鹤嘴镢凿松了硬地,旁人配合着使劲挖。大家狠干了一天,挖出一个深潭,可是不见水。我们的"小牛"是"大男子主义者"。他私下嘀咕说:挖井不用女人;有女人就不出水。菜园班里只两个女人,我是全连女人中最老的;阿香是最小的,年岁不到我的一半。她是华侨,听了这句闻所未闻的话又气又笑,吃吃地笑着来告诉我,一面又去和"小牛"理论,向他抗议。可是我们俩真有点担心，怕万一碰不上水脉，都怪在我们身上。幸亏没挖到二米，土就渐渐潮润，开始见水了。

干土挖来虽然吃力，烂泥的分量却更沉重。越挖越泥泞，两三个人光着脚跳下井去挖，把一桶桶烂泥往上送，上面的人接过来往旁边倒，霎时间井口周围一片泥泞。大家都脱了鞋袜。阿香干活儿很欢，也光着两只脚在井边递泥桶。我提不动一桶泥，可是凑热闹也脱了鞋袜，把四处乱淌的泥浆铲归一处。

平时总觉得污泥很脏，痰涕屎尿什么都有；可是把脚踩进污泥，和它亲近了，也就只觉得滑腻而不嫌其脏。好比亲人得了传染病，就连传染病也不复嫌恶，一并可亲。我暗暗取笑自己：这可算是改变了立场或立足点吧！

我们怕井水涌上来了不便挖掘。人工挖井虽然不像机器钻井那样得日以继夜、一气钻成，可也得加把劲儿连着干。所以我们也学大田劳动的榜样，大清早饿着肚子上菜园；早饭时阿香和我回厨房去，把馒头、稀饭、咸菜、开水等放在推车上，送往菜园。平坦的大道或下坡路上，由我推车；拐弯处，曲曲弯弯的小道或上坡路上，由阿香推。那是很吃力的；推得不稳，会把稀饭和开水泼掉。我曾试过，深有体会。我们这种不平等的合作，好在偏劳者不计较，两人干得很融洽。中午大伙回连吃饭；休息后，总干到日暮黄昏才歇工，往往是最后一批吃上晚饭的。

我们这样狠干了不知多少天，我们的井已挖到三米深。末后几天，水越多，挖来越加困难，只好借求外力，请来两个大高个儿的年轻人。下井得浸在水里。一般打井总在冬天，井底暖和。我们打井却是大暑天，井底阴冷。阿香和我担心他们泡在寒森森的冷水里会致病。可是他们兴致热烘烘的，声言不冷。我们俩不好意思表现得婆婆妈妈，只不断到井口侦察。

水渐渐没腿，渐渐没膝，渐渐齐腰。灌园的井有三米多已经够深。我说要去打一斤烧酒为他们驱寒，借此庆功。大家都很高兴。来帮忙的劳力之一是后勤排的头头，他指点了打酒的窍门儿。我就跑回连，向厨房如此这般说了个道理，讨得酒瓶。厨房里大约是防人偷酒喝，瓶上贴着标签，写了一个大"毒"字，旁边还有三个惊叹号；又画一个大骷髅，下面交叉着两根枯骨。瓶里还剩有一寸深的酒。我抱着这么个可怕的瓶子，赶到离菜园更往西二里路的"中心点"上去打酒；一路上只怕去迟了那里的合作社已关门，恨不得把神行太保拴在脚上的甲马借来一用。我没有买酒的证明，凭那个酒瓶，略费唇舌，买得一斤烧酒。下酒的东西什么也没有，可吃的只有泥块似的"水果糖",我也买了一斤,赶回菜园。

灌园的井已经完工。壮劳力、轻劳力都坐在地上休息。大家兴冲冲用喝水的大杯小杯斟酒喝,约莫喝了一斤,瓶里还留下一寸深的酒还给厨房。大家把泥块糖也吃光。这就是我们的庆功宴。

挖井劳累如何,我无由得知。我只知道同屋的女伴干完一天活儿,睡梦里翻身常"哎呀"、"喔唷"地哼哼。我睡不熟,听了私心惭愧,料想她们准累得浑身酸痛呢。我也听得小伙子们感叹说:"我们也老了";嫌自己不复如二十多岁时筋力强健。想来他们也觉得力不从心。

等买到戽水的机器,井水已经涨满。井面宽广,所以井台更宽广。机器装在水中央;井面宽,我们得安一根很长的横杠。这也有好处:推着横杠戽水,转的圈儿大,不像转小圈儿容易头晕。小伙子们练本领,推着横杠一个劲儿连着转几十圈,甚至一百圈。偶来协助菜园劳动的人也都承认:菜园子的"蹲功"不易,"转功"也不易。

我每天跟随同伴早出晚归,干些轻易的活儿,说不上劳动。可是跟在旁边,就仿佛也参与了大伙儿的劳动,渐渐产生一种"集体感"或"合群感",觉得自己是"我们"或"咱们"中的一员,也可说是一种"我们感"。短暂的集体劳动,一项工程完毕,大家散伙,并不产生这种感觉。脑力劳动不容易通力合作——可以合作,但各有各的成绩;要合写一篇文章,收集材料的和执笔者往往无法"劲儿一处使",团不到一块儿去。在干校长年累月,眼前又看不到别的出路,"我们感"就逐渐增强。

我能听到下干校的人说:"反正他们是雨水不淋、太阳不晒的!"那是"他们"。"我们"包括各连干活儿的人,有不同的派别,也有"牛棚"里出来的人,并不清一色。反正都是"他们"管下的。但管"我们"的并不都是"他们";"雨水不淋、太阳不晒的"也并不都是"他们"。有一位摆足了首长架子,训话"嗯"一声、"啊"一声的领导,就是"他们"的典型;其他如"不要脸的马屁精"、"他妈的也算国宝"之流,该也算是属于"他们"的典型。"我们"和"他们"之分,不同于阶级之分。可是在集体劳动中我触类旁通,得到了教益,对"阶级感情"也稍稍增添了一点领会。

我们奉为老师的贫下中农,对干校学员却很见外。我们种的白薯,好几垄一夜间全偷光。我们种的菜,每到长足就被偷掉。他们说:"你们天天买菜吃,还自己种菜!"我们种的树苗,被他们拔去,又在集市上出售。我们收割黄豆的时候,他们不等我们收完就来抢收,还骂"你们吃商品粮的!"我们不是他们的"我们",却是"穿得破,吃得好,一人一块大手表"的"他们"。

三 学圃记闲

我们连里是人人尽力干活儿,尽量吃饭——也算是各尽所能、各取所需吧?当然这只是片面之谈,因为各人还领取不同等级的工资呢。我吃饭少,力气小,干的活儿很轻,而工资却又极高,可说是占尽了"社会主义优越性"的便宜,而使国家吃亏不小。我自觉受之有愧,可是谁也不认真理会我的歉意。我就安安分分在干校学种菜。

新辟一个菜园有许多工程。第一项是建造厕所。我们指望招徕过客为我们积肥,所以地点选在沿北面大道的边上。五根木棍——四角各竖一根,有一边加竖一棍开个门;编上秫秸的墙,就围成一个厕所。里面埋一口缸沤尿肥;再挖两个浅浅的坑,放几块站脚的砖,厕所就完工了。可是还欠个门帘。阿香和我商量,要编个干干净净的帘子。我们把秫秸剥去外皮,剥出光溜溜的芯子，用麻绳细细致致编成一个很漂亮的门帘；我们非常得意，挂在厕所门口，觉得这厕所也不同寻常。谁料第二天清早跑到菜地一看，门帘不知去向，积的粪肥也给过路人打扫一空。从此，我和阿香只好互充门帘。

菜园没有关栏。我们菜地的西、南和西南隅有三个菜园，都属于学部的干校。有一个菜园的厕所最讲究，粪便流入厕所以外的池子里去，厕内的坑都用砖砌成。可是他们积的肥大量被偷，据说干校的粪，肥效特高。

我们挖了一个长方形的大浅坑沤绿肥。大家分头割了许多草，沤在坑里，可是不过一顿饭的工夫，沤的青草都不翼而飞，大概是给拿去喂牛了。在当地，草也是希罕物品，干草都连根铲下充燃料。

早先下放的连，菜地上都已盖上三间、五间房子。我们仓促间只在井台西北搭了一个窝棚。竖起木架，北面筑一堵"干打垒"的泥墙，另外三面的墙用秫秸编成。棚顶也用秫秸，上盖油毡，下遮塑料布。菜园西北有个砖窑是属于学部干校的，窑下散落着许多碎砖。我们拣了两车来铺在窝棚的地下，棚里就不致太潮湿；这里面还要住人呢。窝棚朝南做了一扇结实的木门，还配上锁。菜园的班长、一位在菜园班里的诗人，还有

"小牛"——三人就住在这个窝棚里,顺带看园。我们大家也有了个地方可以歇歇脚。菜畦里先后都下了种。大部分是白菜和萝卜;此外,还有青菜、韭菜、雪里红、莴笋、胡萝卜、香菜、蒜苗等。可是各连建造的房子——除了最早下放的几连——都聚在干校的"中心点"上,离这个菜园稍远。我们在新屋近旁又分得一块菜地,壮劳力都到那边去整地挖沟。旧菜园里的庄稼不能没人照看,就叫阿香和我留守。

我们把不包心的白菜一叶叶顺序包上,用藤缠住,居然有一部分也长成包心的白菜,只是包得不紧密。阿香能挑两桶半满的尿,我就一杯杯舀来浇灌。我们偏爱几个"象牙萝卜"或"太湖萝卜"——就是长的白萝卜。地面上露出的一寸多,足有小饭碗那么顶。我们私下说:"咱们且培养尖子!"所以把班长吩咐我们撒在胡萝卜地里的草木灰,全用来肥我们的宝贝!真是宝贝!到收获的时候,我满以为泥下该有一尺多长呢,至少也该有大半截。我使足劲儿去拔,用力过猛,扑通跌坐地下,原来泥里只有几茎须须。从来没见过这么扁的"长"萝卜!有几个红萝卜还像样,一般只有鸭儿梨大小。天气渐转寒冷,蹲在畦边松土拔草,北风直灌入背心。我们回连吃晚饭,往往天都黑了。那年十二月,新屋落成,全连搬到"中心点"上去；阿香也到新菜地去干活儿。住窝棚的三人晚上还回旧菜园睡觉，白天只我一人在那儿看守。

　　班长派我看菜园是照顾我，因为默存的宿舍就在砖窑以北不远，只不过十多分钟的路。默存是看守工具的。我的班长常叫我去借工具。借了当然还要还。同伙都笑嘻嘻地看我兴冲冲走去走回，借了又还。默存看守工具只管登记，巡夜也和别人轮值，他的专职是通信员，每天下午到村上邮电所去领取报纸、信件、包裹等回连分发。邮电所在我们菜园的东南。默存每天沿着我们菜地东边的小溪迤逦往南又往东去。他有时绕道到菜地来看我，我们大伙儿就停工欢迎。可是他不敢耽搁时间，也不愿常来打搅。我和阿香一同留守菜园的时候，阿香会忽然推我说："瞧！瞧！谁来了！"默存从邮电所拿了邮件，正迎着我们的菜地走来。我们三人就隔着小溪叫应一下，问答几句。我一人守园的时候，发现小溪干涸，可一跃而过；默存可由我们的菜地过溪往邮电所去，不必绕道。这样，我们老夫妇就经常可在菜园相会，远胜于旧小说、戏剧里后花园私相约会的情人了。

　　默存后来发现，他压根儿不用跳过小溪，往南去自有石桥通往东岸。每天午后，我可以望见他一脚高、一脚低从砖窑北面跑来。有时风和日丽,我们就在窝棚南面灌水渠岸上坐一会儿晒晒太阳。有时他来晚了,站着说几句话就走。他三言两语、断断续续、想到就写的信,可以亲自撂给我。我常常锁上窝棚的木门,陪他走到溪边,再忙忙回来守在菜园里,目送他的背影渐远渐小,渐渐消失。他从邮电所回来就急要回连分发信件和报纸,不肯再过溪看我。不过我老远就能看见他迎面而来;如果忘了什么话,等他回来可隔溪再说两句。

在我,这个菜园是中心点。菜园的西南有个大土墩,干校的人称为"威虎山",和菜园西北的砖窑遥遥相对。砖窑以北不远就是默存的宿舍。"威虎山"以西远去,是干校的"中心点"——我们那连的宿舍在"中心点"东头。"威虎山"坡下是干校某连的食堂,我的午饭和晚饭都到那里去买。西邻的菜园有房子,我常去讨开水喝。南邻的窝棚里生着火炉,我也曾去讨过开水。因为我只用三块砖搭个土灶,拣些秫秸烧水;有时风大,点不着火。南去是默存每日领取报纸信件的邮电所。溪以东田野连绵,一望平畴,天边几簇绿树是附近的村落;我曾寄居的杨村还在树丛以东。我以菜园为中心的日常活动,就好比蜘蛛踞坐菜园里,围绕着四周各点吐丝结网;网里常会留住些琐细的见闻、飘忽的随感。

我每天清早吃罢早点,一人往菜园去,半路上常会碰到住窝棚的三人到"中心点"去吃早饭。我到了菜园,先从窝棚木门旁的秫秸里摸得钥匙,进门放下随身携带的饭碗之类,就锁上门,到菜地巡视。胡萝卜地在东边远处,泥硬土瘠,出产很不如人意。可是稍大的常给人拔去;拔得匆忙,往往留下一截尾巴,我挖出来屏些井水洗净,留以解渴。邻近北边大道的白菜,一旦捏来菜心已长瓷实,就给人斫去,留下一个个斫痕犹新的菜根。一次我发现三四棵长足的大白菜根已斫断,未及拿走,还端端正正站在畦里。我们只好不等白菜全部长足,抢先收割。一次我刚绕到窝棚后面,发现三个女人正在拔我们的青菜,她们站起身就跑,不料我追得快,就一面跑一面把青菜抛掷地下。她们篮子里没有赃,不怕我追上。其实,追只是我的职责;我倒但愿她们把青菜带回家去吃一顿;我拾了什么用也没有。

她们不过是偶然路过。一般出来拣野菜、拾柴草的,往往十来个人一群,都是七八岁到十二三岁的男女孩子,由一个十六七岁的大姑娘或四五十岁的老大娘带领着从村里出来。他们穿的是五颜六色的破衣裳,一手挎着个篮子,一手拿一把小刀或小铲子。每到一处,就分散为三人一伙、两人一伙,以拣野菜为名,到处游弋,见到可拣的就收在篮里。他们在树苗林里斫下树枝，并不马上就拣；拣了也并不留在篮里，只分批藏在道旁沟边，结扎成一捆一捆。午饭前或晚饭前回家的时候，这队人背上都驮着大捆柴草，篮子里也各有所获。有些大胆的小伙子竟拔了树苗，捆扎了抛在溪里，午饭或晚饭前挑着回家。

我们窝棚四周散乱的秫秸早被他们收拾干净，厕所的五根木柱逐渐偷剩两根，后来连一根都不剩了。厕所周围的秫秸也越拔越稀，渐及窝棚的秫秸。我总要等背着大捆柴草的一队队都走远了，才敢到"威虎山"坡的食堂去买饭。

一次我们南邻的菜地上收割白菜。他们人手多，劳力强，干事又快又利索，和我们菜园班大不相同。我们班里老弱居多；我们斫呀，拔呀，搬成一堆堆过磅呀，登记呀，装上车呀，送往"中心点"的厨房呀……大家忙了一天，菜畦里还留下满地的老菜帮子。他们那边不到日落，白菜收割完毕，菜地打扫得干干净净。有一位老大娘带着女儿坐在我们窝棚前面，等着拣菜帮子。那小姑娘不时的跑去看，又回来报告收割的进程。最后老大娘站起身说："去吧！"

小姑娘说："都扫净了。"

她们的话，说快了我听不大懂，只听得连说几遍"喂猪"。那老大娘愤然说："地主都让拣！"

我就问，那些干老的菜帮子拣来怎么吃。

小姑娘说："先煮一锅水，揉碎了菜叶撒下，把面糊倒下去，一搅，可好吃哩！"

我见过他们的"馍"是红棕色的，面糊也是红棕色；不知"可好吃哩"的面糊是何滋味。我们日常吃的老白菜和苦萝卜虽然没什么好滋味，"可好吃哩"的滋味却是我们应该体验而没有体验到的。

我们种的疙瘩菜没有收成；大的像桃儿，小的只有杏子大小。我收了一堆正在挑选，准备把大的送交厨房。那位老大娘在旁盯着看，问我怎么吃。我告诉她：腌也行，煮也行。我说："大的我留，小的送你。"她大喜，连说："好！大的留给你，小的给我。"可是她手下却快，尽把大的往自己篮里拣。我不和她争。只等她拣完，从她篮里拣回一堆大的，换给她两把小的。她也不抗议，很满意地回去了。我却心上抱歉，因为那堆稍大的疙瘩，我们厨房里后来也没有用。但我当时不敢随便送人，也不能开这个例。我在菜园里拔草间苗，村里的小姑娘跑来闲看。我学着她们的乡音，可以和她们攀话。我把细小的绿苗送给她们，她们就帮我拔草。她们称男人为"大男人"；十二三岁的小姑娘，已由父母之命定下终身。这小姑娘告诉我那小姑娘已有婆家；那小姑娘一面害羞抵赖，一面说这小姑娘也有婆家了。她们都不识字。我寄居的老乡家比较是富裕的，两个十岁上下的儿子不用看牛赚钱，都上学；可是他们十七八岁的姊姊却不识字。她已由父母之命、媒妁之言，和邻村一位年貌相当的解放军战士订婚。两人从未见过面。那位解放军给未婚妻写了一封信，并寄了照片。他小学程度，相貌是浑朴的庄稼人。姑娘的父母因为和我同姓，称我为"俺大姑"；他们请我代笔回信。我举笔半天，想不出一句合适的话；后来还是同屋你一句、我一句拼凑了一封信。那位解放军连姑娘的照片都没见过。

村里十五六岁的大小子，不知怎么回事，好像成天都闲来无事的，背着个大筐，见什么，拾什么。有时七八成群，把道旁不及胳膊粗的树拔下，大伙儿用树干在地上拍打，"哈！哈！哈！"粗声訇喝着围猎野兔。有一次，三四个小伙子闯到菜地里来大吵大叫，我连忙赶去，他们说菜畦里有"猫"。"猫"就是兔子。我说：这里没有猫。躲在菜叶底下的那只兔子自知藏身不住，一道光似的直蹿出去。兔子跑得快，狗追不上。可是几条狗在猎人指使下分头追赶，兔子几回转折，给三四条狗团团围住。只见它纵身一跃有六七尺高，掉下地就给狗咬住。在它纵身一跃的时候，我代它心胆俱碎。从此我听到"哈！哈！哈！"粗哑的訇喝声，再也没有好奇心去观看。

有一次，那是一九七一年一月三日，下午三点左右，忽有人来，指着菜园以外东南隅两个坟墩，问我是否干校的坟墓。随学部干校最初下去的几个拖拉机手，有一个开拖拉机过桥，翻在河里淹死了。他们问我那人是否埋在那边。我说不是；我指向遥远处，告诉了那个坟墓所在。过了一会儿，我看见几个人在胡萝卜地东边的溪岸上挖土，旁边歇着一辆大车，车上盖着苇席。啊！他们是要埋死人吧？旁边站着几个穿军装的，想是军宣队。

我远远望着，刨坑的有三四人，动作都很迅速。有人跳下坑去挖土；后来一个个都跳下坑去。忽有一人向我跑来。我以为他是要喝水；他却是要借一把铁锹，他的铁锹柄断了。我进窝棚去拿了一把给他。

当时没有一个老乡在望，只那几个人在刨坑，忙忙地，急急地。后来，下坑的人只露出脑袋和肩膀了，坑已够深。他们就从苇席下抬出一个穿蓝色制服的尸体。我心里震惊，遥看他们把那死人埋了。

借铁锹的人来还我工具的时候，我问他死者是男是女，什么病死的。他告诉我，他们是某连，死者是自杀的，三十三岁，男。

冬天日短，他们拉着空车回去的时候，已经暮色苍茫。荒凉的连片菜地里阒无一人。我慢慢儿跑到埋人的地方，只看见添了一个扁扁的土馒头。谁也不会注意到溪岸上多了这么一个新坟。

第二天我告诉了默存，叫他留心别踩那新坟，因为里面没有棺材，泥下就是身体。他从邮电所回来，那儿消息却多，不但知道死者的姓名，还知道死者有妻有子；那天有好几件行李寄回死者的家乡。

不久后下了一场大雪。我只愁雪后地塌坟裂，尸体给野狗拖出来。地果然塌下些，坟却没有裂开。

整个冬天，我一人独守菜园。早上太阳刚出，东边半天云彩绚烂。远远近近的村子里，一批批老老少少的村里人，穿着五颜六色的破衣服成群结队出来，到我们菜园邻近分散成两人一伙、三人一伙，消失各处。等夕阳西下，他们或先或后，又成群负载而归。我买了晚饭回菜园，常站在窝棚门口慢慢地吃。晚霞渐渐暗淡，暮霭沉沉，野旷天低，菜地一片昏暗，远近不见一人，也不见一点灯光。我退入窝棚，只听得秫秸里不知多少老鼠在跳踉作耍，枯叶窸窸窣窣地响。我舀些井水洗净碗匙，就锁上门回宿舍。

人人都忙着干活儿，惟我独闲；闲得惭愧，也闲得无可奈何。我虽然没有十八般武艺，也大有鲁智深在五台山禅院做和尚之概。

我住在老乡家的时候，和同屋伙伴不在一处劳动，晚上不便和她们结队一起回村。我独往独来，倒也自由灵便。而且我喜欢走黑路。打了手电，只能照见四周一小圈地，不知身在何处；走黑路倒能把四周都分辨清楚。我顺着荒墩乱石间一条蜿蜒小径，独自回村；近村能看到树丛里闪出灯光。但有灯光处，只有我一个床位，只有帐子里狭小的一席地——一个孤寂的归宿，不是我的家。因此我常记起曾见一幅画里，一个老者背负行囊，挂着拐杖，由山坡下一条小路一步步走入自己的坟墓；自己仿佛也是如此。

过了年，清明那天，学部的干校迁往明港。动身前，我们菜园班全伙都回到旧菜园来，拆除所有的建筑。可拔的拔了，可拆的拆了。拖拉机又来耕地一遍。临走我和默存偷空同往菜园看一眼，聊当告别。只见窝棚没了，井台没了，灌水渠没了，菜畦没了，连那个扁扁的土馒头也不知去向，只剩下满布坷垃的一片白地。

四 "小趋"记情

我们菜园班的那位诗人从砖窑里抱回一头小黄狗。诗人姓区。偶有人把姓氏的"区"读如"趋",阿香就为小狗命名"小趋"。诗人的报复很妙:他不为小狗命名"小香",却要它和阿香排行,叫它"阿趋"。可是"小趋"叫来比"阿趋"顺口,就叫开了。好在菜园以外的人,并不知道"小趋"原是"小区"。

我们把剩余的破砖,靠窝棚南边给"小趋"搭了一个小窝,垫的是秫秸;这个窝又冷又硬。菜地里纵横都是水渠,小趋初来就掉入水渠。天气还暖的时候,我曾一足落水,湿鞋湿袜渥了一天,怪不好受的;瞧小趋滚了一身泥浆,冻得索索发抖,很可怜它。如果窝棚四周满地的秫秸是稻草,就可以抓一把为它抹拭一下。秫秸却太硬,不中用。我们只好把它赶到太阳里去晒。太阳只是"淡水太阳",没有多大暖气,却带着凉飕飕的风。

小趋虽是河南穷乡僻壤的小狗,在它妈妈身边,总有点母奶可吃。我们却没东西喂它,只好从厨房里拿些白薯头头和零碎的干馒头泡软了喂。我们菜园班里有一位十分"正确"的老先生。他看见用白面馒头(虽然是零星残块)喂狗,疾言厉色把班长训了一顿:"瞧瞧老乡吃的是什么?你们拿白面喂狗!"我们人人抱愧,从此只敢把自己嘴边省下的白薯零块来喂小趋。其实,馒头也罢,白薯也罢,都不是狗的粮食。所以小趋又瘦又弱,老也长不大。

一次阿香满面忸怩,悄悄在我耳边说:"告诉你一件事。"说完又怪不好意思地笑个不了。然后她告诉我:"小趋——你知道吗?——在厕所里——偷——偷粪吃!!"

我忍不住笑了。我说:"瞧你这副神气,我还以为是你在那里偷吃呢!"

阿香很担心:"吃惯了,怎么办?脏死了!"

我说,村子里的狗,哪一只不吃屎!我女儿初下乡,同炕的小娃子拉了一大泡屎在炕席上;她急得忙用大量手纸去擦。大娘跑来嗔她糟蹋了手纸——也糟蹋了粪。大娘"呜——

噜噜噜噜噜"一声喊,就跑来一只狗,上炕一阵子舔吃,把炕席连娃娃的屁股都舔得干干净净,不用洗也不用擦。她每天早晨,听到东邻西舍"噜噜噜噜噜"呼狗的声音,就知道各家娃娃在喂狗呢。

我下了乡才知道为什么猪是不洁的动物;因为猪和狗有同嗜。不过猪不如狗有礼让,只顾贪嘴,全不识趣,会把蹲着的人撞倒。狗只远远坐在一旁等待,到了时候,才摇摇尾巴过去享受。我们住在村里,和村里的狗不仅成了相识,对它们还有养育之恩呢。

假如猪狗是不洁的动物,蔬菜是清洁的植物吗?蔬菜是吃了什么长大的?素食的先生们大概没有理会。

我告诉阿香,我们对"屡诫不改"和"本性难移"的人有两句老话。一是:"你能改啊,狗也不吃屎了。"一是:"你简直是狗对粪缸发誓!"小趋不是洋狗,没吃过西洋制造的罐头狗食。它也不如其他各连养的狗;据说他们厨房里的剩食可以喂狗,所以他们的狗养得膘肥毛润。我们厨房的剩食只许喂猪,因为猪是生产的一部分。小趋偷食,只不过是解决自己的活命问题罢了。

默存每到我们的菜园来,总拿些带毛的硬肉皮或带筋的骨头来喂小趋。小趋一见他就蹦跳欢迎。一次,默存带来两个臭蛋——不知谁扔掉的。他对着小趋"啪"一扔,小趋连吃带舔,蛋壳也一屑不剩。我独自一人看园的时候,小趋总和我一同等候默存。它远远看见默存从砖窑北面跑来,就迎上前去,跳呀、蹦呀、叫呀、拼命摇尾巴呀,还不足以表达它的欢忻,特又饶上个打滚儿;打完一滚儿,又起来摇尾蹦跳,然后又就地打个滚儿。默存大概一辈子也没受到这么热烈的欢迎。他简直无法向前迈步,得我喊着小趋让开路,我们三个才一同来到菜地。

我有一位同事常对我讲他的宝贝孙子。据说他那个三岁的孙子迎接爷爷回家,欢呼跳跃之余,竟倒地打了个滚儿。他讲完笑个不了。我也觉得孩子可爱,只是不敢把他的孙子和小趋相比。但我常想:是狗有人性呢,还是人有狗样儿?或者小娃娃不论是人是狗,都有相似处?

小趋见了熟人就跟随不舍。我们的连搬往"中心点"之前,我和阿香每次回连吃饭,小趋就要跟。那时候它还只是一只娃娃狗,相当于学步的孩子,走路滚呀滚的动人怜爱。我们怕它走累了,不让它跟,总把它塞进狗窝,用砖堵上。一次晚上我们回连,已经走到半路,忽发现小趋偷偷儿跟在后面,原来它已破窝而出。那天是雨后,路上很不好走,我们呵骂,它也不理。它滚呀滚的直跟到我们厨房兼食堂的席棚里。大家都爱而怜之,各从口边省下东西来喂它。小趋饱吃了一餐,跟着菜园班长回菜地。那是它第一次出远门。

我独守菜园的时候,起初是到默存那里去吃饭。狗窝关不住小趋,我得把它锁在窝棚里。一次我已经走过砖窑,回头忽见小趋偷偷儿远远地跟着我呢。它显然是从窝棚的秫秸墙里钻了出来。我呵止它,它就站住不动。可是我刚到默存的宿舍,它跟脚也来了;一见默存,快活得大蹦大跳。同屋的人都喜爱娃娃狗,争把自己的饭食喂它。小趋又饱餐了一顿。

小趋先不过是欢迎默存到菜园来,以后就跟随不舍,但它只跟到溪边就回来。有一次默存走到老远,发现小趋还跟在后面。他怕走累了小狗,捉住它送回菜园,叫我紧紧按住,自己赶忙逃跑。谁知那天他领了邮件回去,小趋已在他宿舍门外等候,跳跃着呜呜欢迎。它迎到了默存,又回菜园来陪我。

我们全连迁往"中心点"以后,小趋还靠我们班长从食堂拿回的一点剩食过日子,很不方便。所以过了一段时候,小趋也搬到"中心点"去了。它近着厨房,总有些剩余的东西可吃;不过它就和旧菜地失去了联系。我每天回宿舍晚,也不知它的窝在哪里。连里有许多人爱狗;但也有人以为狗只是资产阶级夫人小姐的玩物。所以我待小趋向来只是淡淡的，从不爱抚它。小趋不知怎么早就找到了我住的房门。我晚上回屋，旁人常告诉我："你们的小趋来找过你几遍了。"我感它相念，无以为报，常攒些骨头之类的东西喂它，表示点儿意思。以后我每天早上到菜园去，它就想跟。我喝住它，一次甚至拣起泥块掷它，它才站住了，只远远望着我。有一天下小雨，我独坐在窝棚内，忽听得"呜"一声，小趋跳进门来，高兴得摇着尾巴叫了几声，才傍着我趴下。它找到了由"中心点"到菜园的路！

我到默存处吃饭，一餐饭再加路上来回，至少要半小时。我怕菜园没人看守，经常在"威虎山"坡下某连食堂买饭。那儿离菜园只六七分钟的路。小趋来作客，我得招待它吃饭。平时我吃半份饭和菜，那天我买了正常的一份，和小趋分吃。食堂到菜园的路虽不远，一路的风很冷。两手捧住饭碗也挡不了寒，饭菜总吹得冰凉，得细嚼缓吞，用嘴里的暖气来加温。小趋哪里等得及我吃完了再喂它呢，不停的只顾蹦跳着讨吃。我得把饭碗一手高高擎起，舀一匙饭和菜倒在自己嘴里，再舀一匙倒在纸上，送与小趋；不然它就不客气要来舔我的碗匙了。我们这样分享了晚餐，然后我洗净碗匙，收拾了东西，带着小趋回"中心点"。

可是小趋不能保护我,反得我去保护它。因为短短两三个月内,它已由娃娃狗变成小姑娘狗。"威虎山"上堆藏着木材等东西,养一头猛狗名"老虎";还有一头灰狗也不弱。它们对小趋都有爱慕之意。小趋还小,本能地怕它们。它每次来菜园陪我,归途就需我呵护,喝退那两只大狗。我们得沿河走好一段路。我走在高高的堤岸上,小趋乖觉地沿河在坡上走,可以藏身。过了桥走到河对岸,小趋才得安宁。

幸亏我认识那两条大狗——我蓄意结识了它们。有一次我晚饭吃得太慢了,锁上窝棚,天色已完全昏黑。我刚走上西边的大道,忽听得"呜"一声,又转为"吴吴吴吴"的低吼,只见面前一对发亮的眼睛,接着看见一只大黑狗,拱着腰,仰脸狰狞地对着我。它就是"老虎",学部干校最猛的狗。我住在老乡家的时候,晚上回村,有时迷失了惯走的路,脚下偶一趔趄,村里的狗立即汪汪乱叫,四方窜来;就得站住脚,学着老乡的声调喝一声"狗!"——据说村里的狗没有各别的名字——它们会慢慢退去。"老虎"不叫一声直蹿前来,确也吓了我一跳。但我出于习惯,站定了喝一声"老虎!"它居然没扑上来,只"吴吴吴吴……"低吼着在我脚边嗅个不了,然后才慢慢退走。以后我买饭碰到"老虎",总叫它一声,给点儿东西吃。灰狗我忘了它的名字,它和"老虎"是同伙。我见了它们总招呼,并牢记着从小听到的教导:对狗不能矮了气势。我大约没让它们看透我多么软弱可欺。

我们迁居"中心点"之后,每晚轮流巡夜。各连方式不同。我们连里一夜分四班,每班二小时。第一班是十点到十二点,末一班是早上四点到六点;这两班都是照顾老弱的,因为迟睡或早起,比打断了睡眠半夜起床好受些。各班都二人同巡,只第一班单独一人,据说这段时间比较安全,偷窃最频繁是在凌晨三四点左右。单独一人巡夜,大家不甚踊跃。我愿意晚睡,贪图这一班,也没人和我争。我披上又长又大的公家皮大衣,带个手电,十点熄灯以后,在宿舍四周巡行。巡行的范围很广:从北边的大道绕到干校放映电影的广场,沿着新菜园和猪圈再绕回来。熄灯十多分钟以后,四周就寂无人声。一个人在黑地里打转,时间过得很慢很慢。可是我有时不止一人,小趋常会"呜呜"两声,蹿到我脚边来陪我巡行几周。

小趋陪我巡夜,每使我记起清华"三反"时每晚接我回家的小猫"花花儿"。我本来是个胆小鬼;不问有鬼无鬼,反正就是怕鬼。晚上别说黑地里,便是灯光雪亮的地方,忽然间也会胆怯,不敢从东屋走到西屋。可是"三反"中整个人彻底变了,忽然不再怕什么鬼。系里每晚开会到十一二点,我独自一人从清华的西北角走回东南角的宿舍。路上有几处我向来特别害怕,白天一人走过,或黄昏时分有人做伴,心上都寒凛凛地。"三反"时我一点不怕了。那时候默存借调在城里工作,阿圆在城里上学,住宿在校,家里的女佣早已入睡,只花花儿每晚在半路上的树丛里等着我回去。它也像小趋那样轻轻地"呜"一声,就蹿到我脚边,两只前脚在我脚踝上轻轻一抱——假如我还胆怯,准给它吓坏——然后往前蹿一丈路,又回来迎我,又往前蹿,直到回家,才坐在门口仰头看我掏钥匙开门。小趋比花花儿驯服,只紧紧地跟在脚边。它陪伴着我,我却在想花花儿和花花儿引起的旧事。自从搬家走失了这只猫,我们再不肯养猫了。如果记取佛家"不三宿桑下"之戒,也就不该为一只公家的小狗留情。可是小趋好像认定了我做主人——也许只是我抛不下它。

一次,我们连里有人骑自行车到新蔡。小趋跟着车,直跑到新蔡。那位同志是爱狗的,特地买了一碗面请小趋吃;然后把它装在车兜里带回家。可是小趋累坏了,躺下奄奄一息,也不动,也不叫,大家以为它要死了。我从菜园回来,有人对我说:"你们的小趋死了,你去看看它呀。"我跟他跑去,才叫了一声小趋,它认得声音,立即跳起来,汪汪地叫,连连摇尾巴。大家放心说:"好了!好了!小趋活了!"小趋不知道居然有那么多人关心它的死活。

过年厨房里买了一只狗,烹狗肉吃,因为比猪肉便宜。有的老乡爱狗,舍不得卖给人吃。有的肯卖,却不忍心打死它。也有的肯亲自打死了卖。我们厨房买的是打死了的。据北方人说,煮狗肉要用硬柴火,煮个半烂,蘸葱泥吃——不知是否鲁智深吃的那种?我们厨房里依阿香的主张,用浓油赤酱,多加葱姜红烧。那天我回连吃晚饭,特买了一份红烧狗肉尝尝,也请别人尝尝。肉很嫩,也不太瘦,和猪的精肉差不多。据大家说,小趋不肯吃狗肉,生的熟的都不吃。据区诗人说,小趋衔了狗肉,在泥地上扒了个坑,把那块肉埋了。我不信诗人的话,一再盘问,他一口咬定亲见小趋叼了狗肉去埋了。可是我仍然相信那是诗人的创造。

忽然消息传来,干校要大搬家了,领导说,各连养的狗一律不准带走。我们搬家前已有一队解放军驻在"中心点"上。阿香和我带着小趋去送给他们,说我们不能带走,求他们照应。解放军战士说:"放心,我们会养活它;我们很多人爱小牲口。"阿香和我告诉他,小狗名"小趋",还特意叫了几声"小趋",让解放军知道该怎么称呼。

我们搬家那天,乱哄哄的,谁也没看见小趋,大概它找伴儿游玩去了。我们搬到明港后,有人到"中心点"去料理些未了的事,回来转述那边人的话:"你们的小狗不肯吃食,来回来回的跑,又跑又叫,满处寻找。"小趋找我吗?找默存吗?找我们连里所有关心它的人吗?我们有些人懊悔没学别连的样,干脆违反纪律,带了狗到明港。可是带到明港的狗,终究都赶走了。

默存和我想起小趋,常说:"小趋不知怎样了?"

默存说:"也许已经给人吃掉,早变成一堆大粪了。"

我说:"给人吃了也罢。也许变成一只老母狗,拣些粪吃过日子,还要养活一窝又一窝的小狗……"

五　冒险记幸

在息县上过干校的，谁也忘不了息县的雨——灰蒙蒙的雨，笼罩人间；满地泥浆，连屋里的地也潮湿得想变浆，尽管泥路上经太阳晒干的车辙像刀刃一样坚硬，害得我们走得脚底起泡，一下雨就全化成烂泥，滑得站不住脚，走路拄着拐杖也难免滑倒。我们寄居各村老乡家，走到厨房吃饭，常有人滚成泥团子。厨房只是个席棚；旁边另有个席棚存放车辆和工具。我们端着饭碗尽量往两个席棚里挤。棚当中，地较干；站在边缘不仅泥泞，还有雨丝飕飕地往里扑。但不论站在席棚的中央或边缘，头顶上还点点滴滴漏下雨来。吃完饭，还得踩着烂泥，一滑一跌到井边去洗碗。回村路上如果打破了热水瓶，更是无法弥补的祸事，因为当地买不到，也不能由北京邮寄。唉！息县的雨天，实在叫人鼓不起劲来。

一次,连着几天下雨。我们上午就在村里开会学习,饭后只核心或骨干人员开会,其余的人就放任自流了。许多人回到寄寓的老乡家,或写信,或缝补,或赶做冬衣。我住在副队长家里,虽然也是六面泥的小房子,却比别家讲究些,朝南的泥墙上还有个一尺宽、半尺高的窗洞。我们糊上一层薄纸,又挡风,又透亮。我的床位在没风的暗角落里,伸手不见五指,除了晚上睡觉,白天待不住。屋里只有窗下那一点微弱的光,我也不愿占用。况且雨里的全副武装——雨衣、雨裤、长筒雨鞋,都沾满泥浆,脱换费事;还有一把水淋淋的雨伞也没处挂。我索性一手打着伞,一手拄着拐棍,走到雨里去。

我在苏州故居的时候最爱下雨天。后园的树木,雨里绿叶青翠欲滴,铺地的石子冲洗得光洁无尘;自己觉得身上清润,心上洁净。可是息县的雨,使人觉得自己确是黄土捏成的,好像连骨头都要化成一堆烂泥了。我踏着一片泥海,走出村子;看看表,才两点多,忽然动念何不去看看默存。我知道擅自外出是犯规,可是这时候不会吹号、列队、点名。我打算偷偷儿抄过厨房,直奔西去的大道。

连片的田里都有沟;平时是干的,积雨之后,成了大大小小的河渠。我走下一座小桥,桥下的路已淹在水里,和沟水汇成一股小河。但只差几步就跨上大道了。我不甘心后退，小心翼翼，试探着踩过靠岸的浅水；虽然有几脚陷得深些，居然平安上坡。我回头看看后无追兵，就直奔大道西去，只心上切记，回来不能再走这条路。

泥泞里无法快走，得步步着实。雨鞋愈走愈重；走一段路，得停下用拐杖把鞋上沾的烂泥拨掉。雨鞋虽是高筒，一路上的烂泥粘得变成"胶力士"，争着为我脱靴；好几次我险些把雨鞋留在泥里。而且不知从哪里搓出来不少泥丸子，会落进高筒的雨鞋里去。我走在路南边，就觉得路北边多几茎草，可免滑跌；走到路北边，又觉得还是南边草多。这是一条坦直的大道，可是将近砖窑，有二三丈路基塌陷。当初我们菜园挖井，阿香和我推车往菜地送饭的时候，到这里就得由阿香推车下坡又上坡。连天下雨，这里一片汪洋，成了个清可见底的大水塘。中间有两条堤岸；我举足踹上堤岸，立即深深陷下去；原来那是大车拱起的轮辙，浸了水是一条"酥堤"。我跋涉到此，虽然走的是平坦大道，也大不容易，不愿废然而返。水并不没过靴筒，还差着一二寸。水底有些地方是沙，有些地方是草；沙地有软有硬，草地也有软有硬。我拄着拐杖一步一步试探着前行，想不到竟安然渡过了这个大水塘。

上坡走到砖窑，就该拐弯往北。有一条小河由北而南，流到砖窑坡下，稍一渟洄，就泛入窑西低洼的荒地里去。坡下那片地，平时河水蜿蜒而过，雨后水涨流急，给冲成一个小岛。我沿河北去，只见河面愈来愈广。默存的宿舍在河对岸，是几排灰色瓦房的最后一排，我到那里一看，河宽至少一丈。原来的一架四五尺宽的小桥，早已冲垮，歪歪斜斜浮在下游水面上。雨丝绵绵密密，把天和地都连成一片；可是面前这一道丈许的河，却隔断了道路。我在东岸望着西岸，默存住的房间便在这排十几间房间的最西头。我望着望着，不见一人；忽想到假如给人看见，我岂不成了笑话。没奈何，我只得踏着泥泞的路，再往回走；一面走，一面打算盘。河愈南去愈窄，水也愈急。可是如果到砖窑坡下跳上小岛，跳过河去，不就到了对岸吗？那边看去尽是乱石荒墩，并没有道路，可是地该是连着的，没有河流间隔。但河边泥滑，穿了雨靴不如穿布鞋灵便；小岛的泥土也不知是否坚固。我回到那里，伸过手杖去扎那个小岛，泥土很结实。我把手杖扎得深深的，攀着杖跳上小岛，又如法跳到对岸。一路坑坑坡坡，一脚泥、一脚水，历尽千难万阻，居然到了默存宿舍的门口。

我推门进去，默存吃了一惊。

"你怎么来了?"

我笑说:"来看看你。"

默存急得直骂我,催促我回去。我也不敢逗留,因为我看过表,一路上费的时候比平时多一倍不止。我又怕小岛愈冲愈小,我就过不得河了。灰蒙蒙的天,再昏暗下来,过那片水塘就难免陷入泥里去。

恰巧有人要过砖窑往西到"中心点"去办事。我告诉他说,桥已冲垮。他说不要紧,南去另有出路。我就跟他同走。默存穿上雨鞋,打着雨伞,送了我们一段路。那位同志过砖窑往西,我就往东。好在那一路都是刚刚走过的,只需耐心、小心,不妨大着胆子。我走到我们厨房,天已经昏黑。晚饭已过,可是席棚里还有灯火,还有人声。我做贼也似的悄悄掠过厨房,泥泞中用最快的步子回屋。

我再也记不起我那天的晚饭是怎么吃的;记不起是否自己保留了半个馒头,还是默存给我吃了什么东西;也记不起是否饿了肚子。我只自幸没有掉在河里,没有陷入泥里,没有滑跌,也没有被领导抓住;便是同屋的伙伴,也没有觉察我干了什么反常的事。

入冬,我们全连搬进自己盖的新屋,军宣队要让我们好好过个年，吃一餐丰盛的年夜饭，免得我们苦苦思家。

外文所原是文学所分出来的。我们连里有几个女同志的"老头儿"（默存就是我的"老头儿"——不管老不老，丈夫就叫"老头儿"）在他们连里，我们连里同意把几位"老头儿"请来同吃年夜饭。厨房里的烹调能手各显奇能，做了许多菜：熏鱼、酱鸡、红烧猪肉、咖喱牛肉等等应有尽有；还有凉拌的素菜，都很可口。默存欣然加入我们菜园一伙，围着一张长方大桌子吃了一餐盛馔。小趋在桌子底下也吃了个撑肠拄腹；我料想它尾巴都摇酸了。记得默存六十周岁那天，我也附带庆祝自己的六十虚岁，我们只开了一罐头红烧鸡。那天我虽放假，他却不放假。放假吃两餐，不放假吃三餐。我吃了早饭到他那里，中午还吃不下饭，却又等不及吃晚饭就得回连，所以只勉强啃了几口馒头。这番吃年夜饭，又有好菜，又有好酒；虽然我们俩不喝酒，也和旁人一起陶然忘忧。晚饭后我送他一程，一路走一路闲谈，直到拖拉机翻倒河里的桥边，默存说："你回去吧。"他过桥北去，还有一半路。

那天是大雪之后，大道上雪已融化，烂泥半干，踩在脚下软软的，也不滑，也不硬。可是桥以北的小路上雪还没化。天色已经昏黑，我怕默存近视眼看不清路——他向来不会认路——干脆直把他送回宿舍。

　　雪地里，路径和田地连成片，很难分辨。我一路留心记住一处处的标志，例如哪个转角处有一簇几棵大树、几棵小树，树的枝叶是什么姿致；什么地方，路是斜斜地拐；什么地方的雪特别厚，那是田边的沟，面上是雪，踹下去是半融化的泥浆，归途应当回避等等。

　　默存屋里已经灯光雪亮。我因为时间不早，不敢停留，立即辞归。一位年轻人在旁说，天黑了，他送我回去吧。我想这是大年夜，他在暖融融的屋里，说说笑笑正热闹，叫他冲黑冒寒送我，是不情之请。所以我说不必，我认识路。默存给他这么一提，倒不放心了。我就吹牛说："这条路，我哪天不走两遍！况且我带着个很亮的手电呢，不怕的。"其实我每天来回走的路，只是北岸的堤和南岸的东西大道。默存也不知道不到半小时之间，室外的天地已经变了颜色，那一路上已不复是我们同归时的光景了，而且回来朝着有灯光的房子走，容易找路；从亮处到黑地里去另是一回事。我坚持不要人送，他也不再勉强。他送我到灯光所及的地方，我就叫他回去。

　　我自恃惯走黑路，站定了先辨辨方向。有人说，女同志多半不辨方向。我记得哪本书上说：女人和母鸡，出门就迷失方向。这也许是侮辱了女人。但我确是个不辨方向的动物,往往"欲往城南望城北"。默存虽然不会认路,我却靠他辨认方向。这时我留意辨明方向:往西南,斜斜地穿出树林,走上林边大道;往西,到那一簇三五棵树的地方,再往南拐;过桥就直奔我走熟的大道回宿舍。

可是我一走出灯光所及的范围,便落入了一团昏黑里。天上没一点星光,地下只一片雪白;看不见树,也看不见路。打开手电,只照见远远近近的树干。我让眼睛在黑暗里习惯一下,再睁眼细看,只见一团昏黑,一片雪白。树林里那条蜿蜒小路,靠宿舍里的灯光指引,暮色苍茫中依稀还能辨认,这时完全看不见了。我几乎想退回去请人送送。可是再一转念:遍地是雪,多两只眼睛亦未必能找出路来;况且人家送了我回去,还得独自回来呢,不如我一人闯去。

我自信四下观望的时候脚下并没有移动。我就硬着头皮,约莫朝西南方向,一纳头走进黑地里去。假如太往西,就出不了树林;我宁可偏向南走。地下看着雪白,踩下去却是泥浆。幸亏雪下有些秫秸秆儿、断草绳、落叶之类,倒也不很滑。我留心只往南走,有树挡住,就往西让。我回头望望默存宿舍的灯光,已经看不见了,也不知身在何处。走了一会儿,忽一脚踩个空，栽在沟里，吓了我一大跳；但我随即记起林边大道旁有个又宽又深的沟，这时撞入沟里，不胜忻喜，忙打开手电，找到个可以上坡的地方，爬上林边的大道。

大道上没雪，很好走，可以放开步子；可是得及时往南拐弯。如果一直走，便走到"中心点"以西的邻村去了。大道两旁植树，十几步一棵。我只见树干，看不见枝叶，更看不见树的什么姿致。来时所认的标志，一无所见。我只怕错失了拐弯处，就找不到拖拉机翻身的那座桥。迟拐弯不如早拐弯——拐迟了走入连片的大田，就够我在里面转个通宵了。所以我看见有几棵树聚近在一起，就忙拐弯往南。

一离开大道，我又失去方向；走了几步，发现自己在秫秸丛里。我且直往前走。只要是往南，总会走到河边；到了河边，总会找到那座桥。

我曾听说，有坏人黑夜躲在秫秸田里；我也怕野狗闻声蹿来，所以机伶着耳朵，听着四周的动静轻悄悄地走，不拂动两旁秫秸的枯叶。脚下很泥泞，却不滑。我五官并用，只不用手电。不知走了多久，忽见前面横着一条路，更前面是高高的堤岸。我终于到了河边！只是雪地又加黑夜，熟悉的路也全然陌生，无法分辨自己是在桥东还是在桥西——因为桥西也有高高的堤岸。假如我已在桥西,那条河愈西去愈宽,要走到"中心点"西头的另一个砖窑,才能转到河对岸,然后再折向东去找自己的宿舍。听说新近有个干校学员在那个砖窑里上吊死了。幸亏我已经不是原先的胆小鬼,否则桥下有人淹死,窑里有人吊死,我只好徘徊河边吓死。我估计自己性急,一定是拐弯过早,还在桥东,所以且往西走;一路找去,果然找到了那座桥。

过桥虽然还有一半路,我飞步疾行,一会儿就到家了。

"回来了?"同屋的伙伴儿笑脸相迎,好像我才出门走了几步路。在灯光明亮的屋里,想不到昏黑的野外另有一番天地。

一九七一年早春,学部干校大搬家,由息县迁往明港某团的营房。干校的任务,由劳动改为"学习"——学习阶级斗争吧?有人不解"学部"指什么,这时才恍然:"学部"就是"学习部"。

看电影大概也算是一项学习,好比上课,谁也不准逃学(默存因眼睛不好,看不见,得以豁免)。放映电影的晚上,我们晚饭后各提马扎儿,列队上广场。各连有指定的地盘,各人挨次放下马扎儿入座。有时雨后,指定的地方泥泞,马扎儿只好放在烂泥上;而且保不定天又下雨,得带着雨具。天热了,还有防不胜防的大群蚊子。不过上这种课不用考试。我睁眼就看看,闭眼就歇歇。电影只那么几部,这一回闭眼没看到的部分,尽有机会以后补看。回宿舍有三十人同屋,大家七嘴八舌议论,我只需旁听,不必泄漏自己的无知。

一次我看完一场电影,随着队伍回宿舍。我睁着眼睛继续做我自己的梦,低头只看着前人的脚跟走。忽见前面的队伍渐渐分散,我到了宿舍的走廊里,但不是自己的宿舍。我急忙退回队伍,队伍只剩个尾巴了;一会儿,这些人都纷纷走进宿舍去。我不知道自己的宿舍何在,连问几人,都说不知道。他们各自忙忙回屋,也无暇理会我。我忽然好比流落异乡,举目无亲。

抬头只见满天星斗。我认得几个星座;这些星座这时都乱了位置。我不会借星座的位置辨认方向,只凭颠倒的位置知道离自己的宿舍很远了。营地很大,远远近近不知有多少营房,里面都亮着灯。营地上纵横曲折的路,也不知有多少。营房都是一个式样,假如我在纵横曲折的路上乱跑,一会儿各宿舍熄了灯,更无从寻找自己的宿舍了。目前只有一法:找到营房南边铺石块的大道,就认识归路。放映电影的广场离大道不远,我撞到的陌生宿舍,估计离广场也不远;营房大多南向,北斗星在房后——这一点我还知道。我只要背着这个宿舍往南去,寻找大道；即使绕了远路，总能找到自己的宿舍。

我怕耽误时间，不及随着小道曲折而行，只顾抄近，直往南去；不防走进了营地的菜圃。营地的菜圃不比我们在息县的菜圃。这里地肥，满畦密密茂茂的菜，盖没了一畦畦的分界。我知道这里每一二畦有一眼沤肥的粪井；井很深。不久前，也是看电影回去，我们连里一位高个儿年轻人失足落井。他爬了出来，不顾寒冷，在"水房"——我们的盥洗室——冲洗了好半天才悄悄回屋，没闹得人人皆知。我如落井，谅必一沉到底，呼号也没有救应。冷水冲洗之厄，压根儿可不必考虑。

我当初因为跟着队伍走不需手电，并未注意换电池。我的手电昏暗无光，只照见满地菜叶，也不知是什么菜。我想学猪八戒走冰的办法，虽然没有扁担可以横架肩头，我可以横抱着马扎儿，扩大自己的身躯。可是如果我掉下半身，呼救无应，还得掉下粪井。我不敢再胡思乱想，一手提马扎儿，一手打着手电，每一步都得踢开菜叶，缓缓落脚，心上虽急，却战战兢兢，如临深渊，一步不敢草率。好容易走过这片菜地，过一道沟仍是菜地。简直像梦魇似的，走呀、走呀，总走不出这片菜地。

幸亏方向没错，我出得菜地，越过煤渣铺的小道，越过乱草、石堆，终于走上了石块铺的大路。我立即拔步飞跑，跑几步，走几步，然后转北，一口气跑回宿舍。屋里还没有熄灯，末一批上厕所的刚回房，可见我在菜地里走了不到二十分钟。好在没走冤枉路，我好像只是上了厕所回屋，谁也没有想到我会睁着眼睛跟错队伍。假如我掉在粪井里，几时才会被人发现呢？

我睡在硬邦邦、结结实实的小床上，感到享不尽的安稳。

有一位比我小两岁的同事，晚饭后乖乖地坐在马扎儿上看电影，散场时他因脑溢血已不能动弹，救治不及，就去世了。从此老年人可以免修晚上的电影课。我常想，假如我那晚在陌生的宿舍前叫喊求救，是否可让老年人早些免修这门课呢？只怕我的叫喊求救还不够悲剧，只能成为反面教材。

所记三事，在我，就算是冒险，其实说不上什么险；除非很不幸，才会变成险。

六　误传记妄

我寄寓杨村的时候,房东家的猫儿给我来了个恶作剧。我们屋里晚上点一只油盏,挂在门口墙上。我的床离门最远,几乎全在黑影里。有一晚,我和同屋伙伴儿在井边洗漱完毕,回房睡觉,忽发现床上有两堆东西。我幸未冒冒失失用手去摸,先打开手电一照,只见血淋淋一只开膛破肚的死鼠,旁边是一堆粉红色的内脏。我们谁也不敢拿手去拈。我战战兢兢移开枕被,和同伴提着床单的四角,把死鼠抖在后院沤肥的垃圾堆上。第二天,我老大清早就起来洗单子,汲了一桶又一桶的井水,洗了又洗,晒干后又洗,那血迹好像永远洗不掉。

我遇见默存,就把这桩倒霉事告诉他,说猫儿"以腐鼠'饷'我"。默存安慰我说:"这是吉兆,也许你要离开此处了。死鼠内脏和身躯分成两堆,离也;鼠者,处也。"我听了大笑，凭他运用多么巧妙的圆梦术或拆字法，也不能叫我相信他为我编造的好话。我大可仿效大字报上的语调，向他大喝一声："你的思想根源，昭然若揭！想离开此地吗？休想！"说真话，他虽然如此安慰我，我们都懂得"自由是规律的认识"；明知这扇门牢牢锁着呢，推它、撞它也是徒然。

这年年底，默存到菜园来相会时，告诉我一件意外的传闻。

默存在邮电所，帮助那里的工作同志辨认难字，寻出偏僻的地名，解决不少问题，所以很受器重，经常得到茶水款待。当地人称煮开的水为"茶"，款待他的却真是茶叶沏的茶。那位同志透露了一个消息给他。据说北京打电报给学部干校，叫干校遣送一批"老弱病残"回京，"老弱病残"的名单上有他。

我喜出望外。默存若能回京，和阿圆相依为命，我一人在干校就放心释虑；而且每年一度还可以回京探亲。当时双职工在息县干校的，尽管夫妻不在一处，也享不到这个权利。

过了几天，他从邮电所领了邮件回来，破例过河来看我，特来报告他传闻的话：回北京的"老弱病残"，批准的名单下来了，其中有他。

我已在打算怎样为他收拾行李，急煎煎只等告知动身的日期。过了几天，他来看我时脸上还是静静的。我问：

"还没有公布吗?"

公布了。没有他。

他告诉我回京的有谁、有谁。我的心直往下沉。没有误传,不会妄生希冀,就没有失望,也没有苦恼。

我陪他走到河边,回到窝棚,目送他的背影渐远渐小,心上反复思忖。

默存比别人"少壮"吗?我背诵着韩愈《八月十五夜赠张功曹》诗:"赦书一日行千里……州家申名使家抑",感触万端。

我第一念就想到了他档案袋里的黑材料。这份材料若没有"伟大的文化大革命",我们永远也不会知道。

"文化大革命"初期,有几人联名贴出大字报,声讨默存轻蔑领导的著作。略知默存的人看了就说:钱某要说这话,一定还说得俏皮些;这语气就不像。有人向我通风报信;我去看了大字报不禁大怒。我说捕风捉影也该有个风、有个影,不能这样无因无由地栽人。我们俩各从牛棚回家后,我立即把这事告知默存。我们同拟了一份小字报,提供一切线索请实地调查;两人忙忙吃完晚饭,就带了一瓶糨糊和手电到学部去,把这份小字报贴在大字报下面。第二天,我为此着实挨了一顿斗。可是事后知道,大字报所控确有根据:有人告发钱某说了如此这般的话。这项"告发"显然未经证实就入了档案。实地调查时，那"告发"的人否认有此告发。红卫兵的调查想必彻底，可是查无实据。默存下干校之前，军宣队认为"告发"的这件事情节严重，虽然查无实据，料必事出有因，命默存写一份自我检讨。默存只好婉转其辞、不着边际地检讨了一番。我想起这事还心上不服。过一天默存到菜园来，我就说："必定是你的黑材料作祟。"默存说我无聊，事情已成定局，还管它什么作祟。我承认自己无聊：妄想已属可笑，还念念在心，洒脱不了。

回京的人动身那天，我们清早都跑到广场沿大道的那里去欢送。客里送人归，情怀另是一般。我怅然望着一辆辆大卡车载着人和行李开走，忽有女伴把我胳膊一扯说："走！咱们回去！"我就跟她同回宿舍；她长叹一声，欲言又止。我们各自回房。

回京的是老弱病残。老弱病残已经送回，留下的就死心塌地，一辈子留在干校吧。我独往菜园去，忽然转念：我如送走了默存，我还能领会"咱们"的心情吗？只怕我身虽在干校，心情已自不同，多少已不是"咱们"中人了。我想到解放前夕，许多人惶惶然往国外跑，我们俩为什么有好几条路都不肯走呢？思想进步吗？觉悟高吗？默存常引柳永的词："衣带渐宽终不悔，为伊消得人憔悴。"我们只是舍不得祖国，撇不下"伊"——也就是"咱们"或"我们"。尽管亿万"咱们"或"我们"中人素不相识，终归同属一体，痛痒相关，息息相连，都是甩不开的自己的一部分。我自惭误听传闻，心生妄念，只希望默存回京和阿圆相聚，且求独善我家，不问其它。解放以来，经过九蒸九焙的改造，我只怕自己反不如当初了。

默存过菜园，我指着窝棚说："给咱们这样一个棚，咱们就住下，行吗？"

默存认真想了一下说："没有书。"

真的，什么物质享受，全都罢得；没有书却不好过日子。他箱子里只有字典、笔记本、碑帖等等。

我问："你悔不悔当初留下不走？"

他说："时光倒流，我还是照老样。"

默存向来抉择很爽快，好像未经思考的；但事后从不游移反复。我不免思前想后，可是我们的抉择总相同。既然是自己的选择，而且不是盲目的选择，到此也就死心塌地，不再生妄想。

干校迁往明港，默存和我的宿舍之间，只隔着一排房子，来往只需五六分钟。我们住的是玻璃窗、洋灰地的大瓦房。伙食比我们学部食堂的好。厕所不复是苇墙浅坑，上厕也不需排队了。居处宽敞，箱子里带的工具书和笔记本可以拿出来阅读。阿圆在京，不仅源源邮寄食物，还寄来各种外文报刊。同伙暗中流通的书，都值得再读。宿舍四周景物清幽，可资流连的地方也不少。我们俩每天黄昏一同散步，更胜于菜园相会。我们既不劳体力，也不动脑筋，深惭无功食禄；看着大批有为的青年成天只是开会发言，心里也暗暗着急。

干校实在不干什么，却是不准离开。火车站只需一小时多的步行就能到达，但没有军宣队的证明，买不到火车票。一次默存牙痛，我病目。我们约定日子，各自请了假同到信阳看病。医院新发明一种"按摩拔牙"，按一下，拔一牙。病人不敢尝试，都逃跑了。默存和我溜出去游了一个胜地——忘了名称。山是一个土墩，湖是一个半干的水塘，有一座破败的长桥，山坳里有几畦药苗。虽然没什么好玩的，我们逃了一天学，非常快活。后来我独到信阳看眼睛，泪道给楦裂了。我要回北京医治，军宣队怎么也不答应。我请事假回京，还须领到学部的证明，医院才准挂号。这大约都是为了防止干校人员借看病回京，不再返回干校。

在干校生了大病，只好碰运气。我回京治了眼睛，就带阿圆来干校探亲。我们母女到了明港,料想默存准会来接;下了火车在车站满处找他不见,又到站外找,一路到干校,只怕默存还在车站找我们。谁知我回京后他就大病,犯了气喘,还发烧。我和阿圆到他宿舍附近才有人告知。他们连里的医务员还算不上赤脚医生;据她自己告诉我,她生平第一次打静脉针,紧张得浑身冒汗,打针时结扎在默存臂上的皮带,打完针都忘了解松。可是打了两针居然见效,我和阿圆到干校时,他已退烧。那位医务员常指着自己的鼻子、晃着脑袋说:"钱先生,我是你的救命恩人!"真是难为她。假如她不敢或不肯打那两针,送往远地就医只怕更糟呢。

阿圆来探过亲,彼此稍稍放松了记挂。只是饱食终日,无所用心,人人都在焦急。报载林彪"嗝儿屁着凉"后,干校对"五一六"的斗争都泄了气。可是回北京的老弱病残呢,仍然也只是开会学习。

据说,希望的事,迟早会实现,但实现的希望,总是变了味的。一九七二年三月,又一批老弱病残送回北京,默存和我都在这一批的名单上。我还没有不希望回北京,只是希望同伙都回去。不过既有第二批的遣送,就该还有第三批第四批……看来干校人员都将分批遣归。我们能早些回去,还是私心窃喜。同伙为我们高兴，还为我们俩饯行。当时宿舍里炉火未撤，可以利用。我们吃了好几顿饯行的汤团，还吃了一顿荠菜肉馄饨——荠菜是野地里拣的。人家也是客中，比我一年前送人回京的心情慷慨多了。而看到不在这次名单上的老弱病残，又使我愧汗。但不论多么愧汗感激，都不能压减私心的忻喜。这就使我自己明白：改造十多年，再加干校两年，且别说人人企求的进步我没有取得，就连自己这份私心，也没有减少些。我还是依然故我。

　　回京已八年。琐事历历，犹如在目前。这一段生活是难得的经验，因作此六记。

一九八一年出版